古都巡礼のカルテット

岡本勝人

思潮社

古都巡礼のカルテット

岡本勝人

思潮社

目次

本文、カバー絵＝森田和彦
装幀＝思潮社装幀室

第一楽章　昼も夜もない星に歴史はやってくる

I

「誰がために鐘は鳴る」という詩がある
ヘミングウェイの小説のタイトルにもなった
詩人で僧侶のジョン・ダンの詩だ
その詩のなかの「島」(Island) は
「なにびとも一島嶼ではない」という意味の島で
「こころのよるべとなる島」は
つながりのある土地の意味だ
インド・ヨーロッパ語に属するサンスクリット語では
島 (ディーパ) の語意は燈明 (ディーパ) と訳せた
すべては
諸要素のあつまりに過ぎないから
すべては過ぎ去るものであるから
みずからを燈明《ともしび》とし
みずからを島とせよ
釈尊は甘露のふる地上で星になった

この世でみずからを島とし
みずからをたよりとして
他人をたよりとせず
法を島とし
法をよりどころとして
他のものをよりどころにせずにあれ

それから
ながいあいだインドに仏像はなかった
原始仏教は
形而上的な哲理をふくんでいたから
偶像崇拝はなかったのだ
にもかかわらず
ギリシャ人たちの影響もうけて
インド北西部のガンダーラや
中部マトゥーラ地方の風土色のつよい仏像造形が生まれると

土のうえに虹をえがくように
ストゥーパ（仏塔）に信仰のよりどころをもとめた
中国では石の文化や建築とむすびつき
わが国でも
　山田寺の金銅仏や
　　法隆寺の塑像や
　　　薬師寺の仏足石や
　　　　興福寺の五重塔や
　　　　　唐招提寺の木彫仏や
　　　　　　秋篠寺の乾漆像となって
　　　　　　　独自の仏像造形が発達した

土地の風土と
自然や固有の信仰と密接に関係しながら
大乗仏教の「大（サンスクリット語形容詞「マハー」の漢訳）」も
「乗（サンスクリット語名詞「ヤーナ」の漢訳）」も普遍性を意味したが
大きな乗り物に一切衆生をのせて
山林や岩場や海のほとりで

祈りと悟りと救済をもとめた
そこでは
無限の野からつかんだ形而上の思惟を
施無畏の手にひきよせるために
偶像という報身を方便とした
野にたつ地蔵菩薩も
六道をめぐって石仏となる
弥勒が救済するまでの
無仏の時代に浮かびあがる
朝焼けの春の太陽
野原の道
故郷の寺の辻には
六体の地蔵菩薩が
赤い前だれをつけてたっている

2

かつて

海と島ととおい大陸にまで
でむいておこなわれた
大きな戦争があった
上海
二度とそのようなことはするまいと
いのちの残照は
コンクリートの議事堂をかこんだが
いま南冥の島にひかる南十字星は
海の記憶を浮かびあがらせる
ブーゲンビレア
形象する
岩場のうえの石仏と
椰子と廃墟と鉄の塊
白波にあらわれた観音からは
どんな海鳴りがきこえてくるのか
いのちの顔と声に思いをはせて
ピラミッドをつくること

そこに
仏性や如来蔵の思想が
平等の思想とともに生まれたが
どこまでもひろがる禁猟区は
青い球形のなかの島だった
有限性をもつ多元主義の小石のあつまりではあったが
根源的な受胎の花
原理主義的で純粋すぎる思惟と造形が
宗教と政治の争いのために月蝕となった
大連
海のむこうの大陸や海岸や島では
燈明が砂漠の地勢のサボテンを食べている
　島と島が
　　半島と半島が
　　　砂漠と砂漠が
　　　　濃い塩の海でつながるように
全体はかどをみせることなく

ひとの身体を海面に浮かべた
地勢はなぜか溶解すると
ひとつにつながる
死の小石でさえつながりにおいて
存在の舞を生きよ
食べ物も水ももういらないと
死を予期した母は首をゆっくりとふった
死をまえにしてはいっさいは無一物である
父を送り
母を送った
あとは自分自身の休息だけだ
と自己言及のための舞踏の靴をみがいておこう

3

夜の白い道
　未知
　　みちた月の顔

南の山の古い道を歩くと
白い狐がでるとひとびとはうわさしあった
もうこの道を通ることはないだろうと
虹色のバスにのって
ぼんやりとあきらめていた
引っ越す準備をしていたが
まぎわになって
ちかくで本屋の大家さんの二階に
新しい住まいがみつかった
冬の太陽
引っ越しの日
大通りぞいの病院に郷里から母が入院した
　仕事をおえると
　　バスにのってこの道を通った
　　　生きいそぐことはないと
　　　　なんどもバスの窓からこの道をみていた
〈おれはひとりの修羅なのだ〉

東北の詩人がビオラを弾く
想像とはないものを思うこと
夕暮れの山上都市に
桜の花弁がふる山の風の舌
無邪気な鳥は
空気をあらわす妖精だった
想起とは過去のものを思うこと
雨あがりのしめりけをおびた
熊野の古い道を水がさらさらと流れる
月のような顔の女が
水をあらわす魚を頭においた
表象とはいまあったものを思うこと
赤い太陽がしっとりと山のきわにかたむいておちる
透明な夕暮れの空
妖精が大地の石畳のうえで
穀物のみのりをかかえて口笛をふく
杉並木の道の両側にある共同墓地は

霊魂の歴史の一部である
高野山の松明が燈明の火となってゆれている
歴史の書字となった墓碑銘が
争いをわすれて根源的一者となった
錬金術師が取りだしたのは
フラスコのなかの識の幻影だったが
四大元素の地水火風が
ひとつの空となる
五体投地をする老婆の姿を
半島の廃寺の門でみたことがある
大和の古寺でみた老人も
たしかにひとがたおれるような姿だった
天台浄土　真言浄土の糸をひく
二十五菩薩にみちびかれて
実在のなかでいのちを解剖する
ときには
純粋性を主張して神と仏がわかれた

まことに大地に廃仏の思想が蔓延すると
寺の床のしたには仏像がころがり
薪となっては炉にくべられた
マンダラ絵の蓮の花　幻の影ばかりが
いたずらにはかなく地球儀をまわそうとする

4

沖縄
終戦としりつつも
鹿児島の飛行場から沖縄にむけてきらめいた物体
特攻隊の指揮官と同行した飛行士と地図がある
指揮官がのっていた飛行機の残骸が
海岸の岩場ちかくでみつかった
夏の太陽に
琉球弧とヤポネシアの島々がゆれる
韓国でも沖縄でも風水が盛んだ
ハワイの住民は

サトウキビを栽培していたが
ながいあいだ搾取にあえいでいた
奄美大島の住民も
ながいあいだサトウキビを栽培し
おなじく搾取にあえいでいた
屋根のシーサーと石垣に守護された島に
縄文土器を掘りかえす東北人たちが住みはじめる
フランス語では
パンセ（pensée 思考）もパンジー（pensée 三色菫）も同根の語
島と燈明がディーパの語意をかさねるとき
史（history）と死（death）と詩（poem）が
四大の墓碑を書きこんだ

従是西方　　　　これより西方
過十萬億佛土　　十万億の仏土を過ぎて
有世界　　　　　世界あり
名曰極楽　　　　名づけて極楽という

其土有佛　　　その土に仏まします
號阿弥陀　　　阿弥陀と号したてまつる
今現在説法　　いま現にましまして説法したもう

ニューヨーク
予測不能のアメリカの大都市では
社会と経済が大波のように変化した
本当のことをいうんだよと
劇場から喜劇役者がでてくる
もう廃墟の都市には
生きるための物質がないんだ
ひとのいのちは無一物だというんだがね
ひとびとは現実のなかで
戦争や震災の影をおいやり
経済の競争に生きるから
しこたまビルや土地をあさるばかりだ
映画館の前の公園にたってごらんよ

なぜか街は四角い群落　四角いビル　四角い窓ばかりだ
まるいパンジーの花がそこに咲いていても
いのちの代償として
三角のビスケットの争いにひきさかれたままだ
群落の街でえた物質主義とは
なんであったかね

そうさ　証券
時間を失い　友を失い
こころを失った四角と三角の社会のものたちの群れ
渋谷では
死にいそぐことはないと
あれからなんども
駅前のビルのしたからバスにのった
秋の太陽の光の網が瞳をさす
母が亡くなった病院のちかくにくると
きまって視線は無意識のかなたにおいやられた

複雑な速度で
バスは停留場と停留場のあいだの病院を過ぎた
ふと意識がよみがえったときは
いつも病院を過ぎた次の停留場のちかくだった
〈おれはひとりの修羅なのだ〉
東北の詩人はビオラを弾く
父さんがいて
　母さんがいて
　そして　ぼくがいる
　青春　朱夏　白秋　玄冬
　青龍　朱雀　白虎　玄武
ひとは未知　みちて　物質となる
白い道をよぎって　意識よ　休息せよ
なぜか　東西南北
きみたち　無意識のゆくにまかせる
渇ーっ！という声が　響きわたる

第二楽章　巡礼歌は四辻にきこえない

I

西大寺から近鉄線にのって
男は奈良駅にもどると
猿沢池まで商店街を散歩することにした
中央の道を遊歩していると右手に池があらわれた
白鷺が首をひねり
岩のうえで亀が甲羅をほしている
三重塔の階段のしたには衣手の柳があり
太陽がおちると路肩から夜の光がはなたれた
男のまぶたに不透明な水面が照射される夕暮れ
右手には柿の葉ずしの料理屋「平宗」がある
左手の奈良町の四辻にいくと元興寺跡にでる
三重塔に登る階段は興福寺南円堂に通ずる道だ
男は「西国九番南円堂」の書字の道標に触れ
「不空羂索観世音菩薩像」と染められたのぼりをみる
おみやげ物店にはいると

北円堂が開帳しているという声がした
「楕円形」との遭遇である

太陽神のオベリスクがたつローマの四辻
北からの巡礼者をうけいれたポポロ門から
女は歩きどおしだ
映画にでてくるスペイン階段と
バルカッチアの泉を過ぎる
バルベリーニ広場のトリトンの噴水は
アンデルセンの即興詩人の舞台だ
クァットロ・フォンターネの辻には
四つの噴水がある
女はボッロミーニのたてた
「楕円形」のドームの教会にはいると
ちかくの教会へと足を延ばした
聖痕なまめかしいベルニーニの
「聖女テレサの法悦」もみるはずだったが

ローマのシエスタはながく
扉は閉じたままだった
廃墟の「楕円形」の四辻に
バロックの音楽と舞踏がたちあらわれたが
細菌に感染された現代人には
それをきくことも
みることもできない

「空虚の都市
冬の夜明け、鳶色の霧の中を
ロンドン・ブリッヂの橋の上を群集が流れたのだ、あの沢山の人が、
死がこれほど沢山の人を破滅させたとは思わなかった。」

自動車は泥だらけの光景をはねては通り過ぎていく
黒いシャツに赤いネクタイをした男が
雨のなかを自転車にうちまたがりながら
透明の傘をさして走っていく

夕暮れると女はより美しくなった
自動車のテールランプが右に旋回する
四辻の風景は昔とおなじだったが
夜明けまぢか
デザインをかえた携帯の感触が新しくなった

2

北円堂は藤原不比等の一周忌に建立された
堂の建築の外形も風景だが
八角堂には日本仏教史の遺産が埋蔵されている
堂は円堂とよばれたが
南円堂がたてられると北円堂とよばれるようになった
治承四年の戦禍にさらされのちに復興された
入り口ではさわやかな風が白地に鹿の絵を染めた
五枚の麻布をゆらしている
男は暗がりに目をやった
弥勒如来坐像の両側に無着と世親がいる

四隅には四天王像がたっている
無着と世親の像は「人間」の等身大より大きかった
弥勒浄土にあって未来仏は釈迦の遺言を記録するが
弥勒から無着へと系譜をたどる実在説がある
唯識派では無着が弥勒に直接言葉をうけた
釈迦から弥勒　そして無着　世親とつながる
仏教の「論」の系譜だ
無着をアサンガといい　世親をヴァスヴァンドゥという
ともに説一切有部の小乗仏教から大乗仏教へと展開した
ガンダーラ地方のプルシャプラの四辻
語りはじめたのは
ひとびとの現実と夢があつまる
四辻の男たちだ

旅の疲れで　病院でリンゲルを打たれていた
ヴェネツィア本島の逆S字の大運河に三つの橋が架けられている
アカデミア橋からはサンタ・マリア・デッラ・サルーテ教会と

その先に税関がみえた
ここは
アカデミア橋と大運河のまじわる四辻
あそこは
リアルト橋と大運河のまじわる四辻
女は橋と大運河との四辻をわたると広場にでた
その夜は　橋の手まえにある教会で
ヴィヴァルディの「四季」の演奏をきくことになっている

「美しのテムズよ、静かに流れよ、わが歌の尽くるまで。
もう河の上には浮いていないあの空瓶《あきびん》もサンドウィチの紙も
絹のハンカチフもボール箱もシガレットの吸殻も
また夏の夜をしのぶ他の証拠品も。あの乙女たちも去ってしまった。」

教会の窓の外では
大陸の小麦畑からわたってくる
つばめがそよ風に溶けこんでいる

これまでなんども演奏をきいた
記憶のなかの曲が教会堂のなかに流れる
低い太陽がガラスの海へと沈没すると
ヴァイオリンの音が雷鳴を奏でた
桟橋にある中世の四辻のカフェテラスで
こんな居酒屋にも
モダニズムがあるのねと女は思う
透明なカットグラスの
意匠の形象の底には
色の綾が渦巻いている

唯識教学の根本聖典である『摂大乗論』は
大乗の要義をまとめた無着の主著である
世親は大きな船にのって
陸から海へと移動した
のちに中国からインドの砂漠を賭して
移動する玄奘は世親という大きなテキストの港に

『成唯識論』を投錨する
唐にわたり玄奘に学んだ道昭は
帰国すると元興寺にはいった
飛鳥寺から　いまはうしなわれた元興寺や
目のまえの興福寺へ
そして西ノ京の薬師寺へと
伝播してきた移動する影が男たちの夢によりそう
ギリシア生まれのイタリア人よ
もし　アレキサンドリアの図書館へいったなら
宇井伯寿著の『摂大乗論研究』を
借りて読んでみたまえ
難解な本を
三島由紀夫も武田泰淳も読んでいる
深層心理学にもかかわる唯識の樽は
寺院や仏像とともに仏教の埋蔵酒だ

3

弥勒菩薩といえばだれもが想起するのが
中宮寺の弥勒菩薩像だ
広隆寺の弥勒菩薩半跏思惟像もわすれることができない
寺院建造物と融合した両性の美女たちは
もしも　アンリ・マチスだったら
美しい貝殻のように
金魚鉢に似あっているというだろう
北円堂の弥勒菩薩は正午の太陽である
四天王立像は星月夜だ
男はいつも東からのぞむように
邪鬼や悪魔から仏法を護った四天王を
持国天　増長天　広目天　多聞天と歩きまわった
東大寺戒壇院や浄瑠璃寺にも四天王立像がある
ふたつの寺でみた広目天
法相宗には道昭の元興寺系と

玄昉や善珠の興福寺系とがある
秋篠寺は善珠によって創設された
かつて興福寺には大きな寺域があった
鳥たちが飛び　神馬がかけた寺域は
いまはみるすべもない
男は北円堂のちかくの発掘現場にある石をける
木の柱に掛けられた鏡に廃墟が映しだされていた
ロマン派の画家や詩人がみつけた廃墟が
男の脳裏でローマの街を想起させた

上野の博物館では
阿修羅像の展覧会が最終日をむかえていた
戦火のなかで燃える堂から救いだされた
十大弟子像や奇妙な顔をもつ八部衆たち
これをみるには
三時間も並ばなければならないよと女はいわれた
コンピュータグラフィックスが

それらを納める建造物を廃墟に再現する
記憶は定かではなかったが
女は奈良の宝物館で
これらの天使をみたことを思いだす
男性からみれば　美少女にみえる
女性からみれば　美青年にみえる

「ガンガ河は底が見え、うなだれていた木の葉は
遠くヒマラヤ山に黒雲がかかるまで
雨を待つのだ。
密林は音もなく蹲《うずくま》ってしゃがんでいた。
その時雷神は言った
ダー」

インドからはるばる伝播して
やってきたものたちの移動する影よ
阿修羅の三つの顔と六本の腕を

三百六十度の視点からながめることは二度とない
　夜なき夜
　昼なき昼
四辻の交差点には
砂の数ほどの現実と夢のであいがあった
もし　アフリカの男や女たちだったら
そこには両性具有の時間もあるのだろうかと
思うにちがいない
四季の変わる四辻で男と女がであう

廃仏毀釈の嵐によって
明治二十二年　興福寺は奈良県立公園となり
大乗院の跡地に奈良ホテルがたった
奈良街道とまじわる四辻のちかくで
小林秀雄は志賀直哉の紹介で宿をとり
家庭教師をしながら食客となった
奈良ホテルに宿泊して

堀辰雄は小説『曠野』を書く
都会風の抒情的な散文は
折口信夫の影響で信濃路から大和路の旅を深めていた
日吉館に宿泊して
東洋美術に開眼した會津八一（秋艸道人）は
新潟に生まれ　良寛や小林一茶を紹介したが
最初の歌集『南京新唱』は
世間にみとめられなかった
沖縄の国際通りの昼と夜
帽子をかぶり丸いめがねの柄をおしあげる
四辻の方位基点に男の影がたつ
まれびと　折口信夫の「万葉びと」のイメージは
大正十年の沖縄の島々への採訪に源を発している
南島はくりかえし語っても語りえない
原日本の昼と夜だ

シチリアのパレルモの街

街をつらぬく二本の主要街路が
交差する四辻
クァットロ・カンティ（四つ角）とは
現実と夢の交差する四辻を意味するイタリア語だ
四つ角にある四つの泉は
春夏秋冬の四季を表現した
駅で経済新聞を読む女たちよ
ヨーロッパの地水火風の四大元素は
日本の歳時記の四季にひとしいと思いあたるにちがいない
詩歌に歌われた元素は
反復する春夏秋冬と花鳥風月だ
四辻の「楕円形」にすべてのであいが飲みこまれる
古代や中世からつづく伝統に
現代のモダニズムが溶解する
四辻の女は
パレルモの街の地平低く浮かぶ太陽に
足跡をのこす

エリオットのえがく盲人のティーレシアスよ
祝祭と儀礼を象徴する
バロックの泉でのどをうるおせ
女は居酒屋で白もつの煮込みをつまみ
白ワインを飲みほすと
もう一杯　と赤ワインを注文した
赤ワインの海にとおい光景が映る
エンペドクレスが飛びこんだ
なだらかな稜線をえがくエトナ山
古代劇場からのぞむエトナは
しずかに煙をはいている

「山の中の、この朽ちた谷間に
かすかな月明かりに
礼拝堂をめぐるくずれた墓地の上に
草はひゅうひゅうと鳴っている。
あれは空《から》の礼拝堂、風の家にすぎない。

窓がない、入口の戸は動揺する。
枯れた骨は人には害をしない。
ただ一羽の雄鶏が棟木《むなぎ》にとまって
稲光のきらめきに啼くのだ
コーコーリーコーコーコーリーコー」

若草山のいただきの四辻に
春の野焼きの煙がたつ
男の痛んだ心は
煙と炎にゆれる
谷間の故郷の町では
父や母のことを話すひともすくなくなった

4

興福寺境内の奈良公園を歩いていると
男は奈良に十三年も暮らした志賀直哉を思いだす
息子の直吉をともなった「早春の旅」は

昭和十五年に書かれると翌年に発表された
奈良の博物館を訪れた直哉のまえには
秋篠寺の梵天立像がたち
となりに法輪寺の虚空蔵菩薩像がすわっていた
もし　小林秀雄や白洲正子だったら
仏像とのであいは
『暗夜行路』や美術エッセイ『樹下美人』につづられた
書画骨董に通ずるというだろう
小林秀雄は青春と決別するために奈良にきた
白洲正子は処女出版の『お能』を志賀直哉に推薦してもらった
東京に帰った作家は
なおも奈良に精神と身体をおいていたのだろうか
詩を朗読する谷川俊太郎と
ピアノを奏でる谷川賢作の共演のように
父親との確執に生きた直哉の
息子直吉との親しさにみちた旅　それが「早春の旅」である
友人に渋谷の坂をおりた志賀邸の場所を教えてもらった

砂の数ほどの
男と女たちの四辻の影が融解する
ひとしきりすわりこんで
ひとびとが生きている模様をみてみよう
四辻からはじまる巡礼には
なにものかの最後の意図を
身体の識として確認するはじまりがある
いま
四辻に
巡礼歌はきこえない

＊「　」の中の引用詩句は、すべてT・S・エリオットの『荒地（The Waste Land)』（西脇順三郎訳）による。

第三楽章　はじまりもおわりもない時空　秋篠寺から般若寺へ

I

近鉄京都駅から電車にのり西大寺駅についた
男は駅から押熊行きのバスにのると
しばらくはバスが細い住宅街の道をぬけていく
まもなく左手に西大寺の風景が訪れる
南都七大寺のひとつ　西大寺は叡尊によって復興された
弟子に忍性がいる
ふたりとも晩年は北条氏の鎌倉に下向した
鎌倉の高台にある極楽寺では
施薬院や悲田院などの社会救済事業が
忍性によっておこなわれた
抒情を奏でる寺
秋篠寺は西大寺の北にある
男は曲がり角でバスをおりた
和辻哲郎も亀井勝一郎も寺のことは書いてはいない
堀辰雄はこの寺をとても気にいっていた

戦後訪れた會津八一は
寺から生駒の山すそに日がおちるのをみた
秋篠寺はひとつの短編小説であると書いたのは
立原正秋である
そこは寺の東門だ

Time present and time past
Are both perhaps present in time future,
And time future contained in time past.
（時というものは現在も過去も
おそらく未来に含まれる。
そして未来は過去に含まれる。）

香水閣をまわりこみながら
左手の太陽の光線へと男はむかった
木立のあいだをぬけると竹林のむこうに

南大門がみえる
あたりは寺をおおう啼鳥の重量が体感される空間だ
寺の縁起は
法相宗から真言宗へ
明治になると　浄土宗へと羅針盤がかわるが
戦後に単立となった
明治初年には廃仏毀釈の花弁の嵐にまきこまれた
本堂にちかづくと
森と林の眼球に庭園が映しだされてくる
東塔と西塔の忘却がのこり　金堂跡の庭は
樹木霊と苔におおわれていた
やがて太陽の光線がひらけてくる
目のまえの本堂は奈良そのものだ
寺の初期の配置から推測すると
本堂の位置は講堂の場所にあたっている
南側の庭には
白藤の棚と休息所があり

左手には習合仏教の修験道の大元師堂がある
大元師堂は香水閣とかかわるが
閼伽井《あかい》といわれ
仏にささげる水をくむ井戸である
中世の時代では寺の信仰の中心だった
季節がめぐるごとに
あせびや白蓮　菩提樹や白藤や萩などの紅葉がざわめき
旅人を木々の色どりがなごませる
本堂には秋篠寺が愛される根拠がある
堂内にはいる
寺をうちから照らす月の光の技芸天立像

In my beginning is my end.

三十四歳のドラクロワは
イギリス旅行につづいて
砂漠のモロッコへと旅行した

地中海の明るい光に影響された画家は
ぼくのはじまりのなかに
ぼくのおわりがあるように
「民衆を導く自由の女神」をえがき
色彩論を研究した
文筆活動も盛んな画家は
ピアノの詩人ショパンが友人だった
晩年には
パイプオルガンの音が流れる
聖シュルピュス寺院に
旧約聖書の創世記の壁画をえがいた
ドラクロワの家とアトリエは
いまは美術館になっている

本尊の薬師如来の左手にすっとたつ
技芸天立像の清楚なたたずまいを
どのように言語化することができるだろう

頭部は天平時代の乾湿であり
寄木造りの体部は
鎌倉時代につけられた
左したに思いをこめるようにして
たたずむ技芸の天女は
匂うがごとく優雅である
うす暗い光のなかで
さらに霊力をまし
薔薇の静寂となる
仏は左手からみるのがよいと男は思う
頭部と首からしたのズレのもたらす流れの線が
つよい存在感とうるわしい印象を夢みる
もちあげられた右手の図像はなにをしめしているのだろうか
真昼の太陽と夜中の満月のもとで踊る仏の身体

2

興福寺の北円堂を拝観したあと

県庁舎まえから西大寺の末寺である
般若寺方面へむかうバスにのった
外国人の夫婦がバスの乗降口で
のるかのらないか躊躇しながら
「ハンニャジ　ハンニャデラ」と
大きな日本語でさけんでいた
運転手が首をたてにふる
外国人はドタバタとのりこみ
安心したように座席に腰をおろした
はじめて般若寺を訪れたときは
とてもさびれた印象だった
いまは「西国薬師第三番・関西花の寺十七番札所」として
売り出し中だ
庭の自慢の風景写真が
観光客に配られていた
遊歩道があり
ところせましと花が咲いている

春には山吹　梅雨時にはあじさい
初夏から秋にはコスモスの空想が咲きほこる
かつて寺院は病院をかねていた
ちかくの北山には
難病者のための施療院の史跡がある
叡尊の理想を継承し
忍性がつくった養護施設だ
楼門からみえる空間に
石塔と本堂が夜明けをつげる
山すそを背景に
本堂と石塔を透視する般若寺の門
門の外には小さな牧場があり
観光客が牛乳を飲んだりソフトクリームを食べていた

Every poem an epitaph.

モローのアトリエは

いまでも油の匂いにみちている
ルオーに出会ったマティスも
砂漠のモロッコを二度旅行した
独自の空間表現と装飾的要素で
マラルメの詩集の挿絵もえがいたが
晩年はニースの地で
第二次大戦の戦禍をのがれるように
平面化と単純化の絵の製作を試みていた
大戦まぢかに癌の大手術をしたが
修道女の献身的な看護をうけていた
マティスに
教会堂の建設を依頼したのは
その看護人ジャック・マリーだった
すべての詩が墓碑銘であるように
マティスは無償で
ヴァンスにて
ロザリオ礼拝堂建設にとりかかる

いのちの樹のように
太陽の光を礼拝堂にとりいれながら
　マチス七十一歳のことだ

寺の風景に関心がむくのは
楼門と石塔だ
十四メートルある十三重の石塔の基部には
線刻の四仏が刻まれている
　東に　薬師如来像
　西に　阿弥陀如来像
　　南が　釈迦如来像
　　北に　弥勒菩薩像である
南宋のニンポー出身の石工が
石塔の胡桃を彫った
寺の縁起と石塔の関係は石榴の豊饒である
十三重の石塔が
空の青さとゆきかう雲の白さにつきささる

卒塔婆はサンスクリット語でストゥーパとよばれ
釈尊の遺骨をまつる墓標として
伽藍の中心的な存在だ
大乗仏教の展開は
卒塔婆にたいする哀愁だった
柳生街道でみた
春日奥山の石仏の思い出が懐中にある
本堂には文殊菩薩騎獅像が安置されていた
天神様のように
文殊菩薩は学問と知恵の菩薩であるが
祈願や下層民の教化育成をになった仏である
ひとまいりしておこうと
羽根をひろげる
谷底の小川で餌を啄ばむ家鴨と青鷺
本堂の周囲にはいくつもの追憶があり
赤紫の牡丹の花が咲く
奥村土牛がえがいた観世音石仏も

瞑想したままだ
　奈良坂は雷鳴の地である
　　東大寺や興福寺は平城京をみわたす位置にある
　　　木津川をこえて奈良の平城京にはいる般若寺は
　　　　丘のうえの乾燥地帯にあり
　　　これらの寺をみわたす高台にあった
　　時代がくだると戦さがくりひろげられた
「同士討ちしてはあしかりなん。火を出だせ」（平家物語）と
平家の兵士は東大寺を焼きはらった
焼失後
叡尊がたてた楼門
門の正面の方向に東大寺と興福寺はみえなかった
楼門に吊るされた
平重衡の首が静力学の塊となる
東大寺と興福寺は
石塔の左側にみえている

In my end is my beginning.

パリに住みはじめた藤田嗣治は
ピカソやモディリアーニとしりあうと
乳白色のキャンパス地に
パリの街と猫を日本の筆で線描した
戦時期に日本に帰ってくる
女はこの画家の幾枚かの戦争記録画を
国立近代美術館でみたことがあった
戦争画をえがいたためか
戦後になっておわれるように日本を去った
カソリックの洗礼をうけた
七十三歳のレオナール・フジタ
ぼくのおわりのなかに
ぼくのはじまりがあるような客死だった
ランスの平和の聖母礼拝堂が
最後の仕事だった

一ノ谷で捕虜となった重衡は
鎌倉にいくまえに法然にあって受戒した
後日鎌倉から護送されるときには
現在の地下鉄とおなじルートで
大津から山科までやってきた
京都市内にはいることは許されなかった
日野のちかくで妻との再会にかけよったつきびとたち
女人はさらされた首と遺体を荼毘にふした
重衡のなきがらは
木津川の無縁のほとりにいまも眠っている

3

般若寺の横にあるバス停から
奈良市街へもどるバスにのった
戦火をまぬがれた東大寺の転害門にくると
男はバスをおりた

門を背にしてまっすぐ歩いていけば
法華寺と海龍王寺へと道がつづいている
海龍王寺は
戒律をもとめた若き叡尊が修行した寺院だ
ちいさな五重塔があり
空海伝の般若心経の写経がある
はじめて奈良を訪れた會津八一は
このちかくに宿舎をとると猿沢池におもむいた
ふりかえる
東大寺に林檎をなげる夕焼け雲
転害門はいにしえの直接話法のようだ
古寺を訪れると
紅葉のなかで
火と薔薇がひとつになる
秋の夕陽がはやくおちないようにと
ささえる杖が必要だ
門のそばの石畳に

猫が二匹寝そべっている
さわやかな風があたりに融和の手触りをあたえると
夕闇がゆっくりと成長していった

Home is where one starts from. As we grow older
The world becomes stranger, the pattern more complicated
Of dead and living.

（故郷を出てから
こうして年を重ねてくるにしたがって
世界は難しくみえてきた。
死者と生者の人生模様もますます複雑にみえてくる。）

＊英文は、T・S・エリオットの『四つの四重奏曲』（「Four Quartets」）からの引用。

第四楽章　私のなかの法隆寺

I

法隆寺が中世の戦火をまぬがれて
このように存在していることはまことに奇跡である
戦火や空襲にあわなくとも
昭和二十五年の金閣寺や昭和三十二年の東京谷中の五重塔や
さかのぼって昭和十九年七月の法輪寺の三重塔のように
落雷や思わぬ失火によって焼失することもある
法隆寺では金堂の内部が電気座布団の不始末により
大方の壁画が焼けている
学生たちと奈良を歩く會津八一は
法隆寺の金堂の壁画の保存法について意見をもとめられたが
寺院内外からの反対をうけて実現できないでいた
日本の寺院建築は飛鳥寺からはじまり
飛鳥寺様式　四天王寺様式などがある
法隆寺西院の伽藍様式は

四角い回廊の北側に講堂　南に中門と南門を配置して
回廊内には
東に金堂　西に五重塔をおいた
回廊の外には
西院と東院　講堂と回廊のあいだには　鐘楼と経蔵がある

私のなかの法隆寺

南門を通って
緑の松の枝々をみながら中門まで歩いてくると
左右のそでには国宝の仁王像がたち
左にある幅二メートルの石碑には
「日本最初の世界文化遺産　法隆寺」とある
石に刻まれた書字は
画家の平山郁夫氏のものだ
法隆寺の壁画が出火によって大破したのは
昭和二十四年

残された「阿弥陀浄土」の六号と「薬師浄土」の十号
「十一面観音」の十二号などの壁画は
切りとられて安全な場所へと保管された
寺院関係者はいたましい思いだった
京都から奈良へと書きすすむ
和辻哲郎の『古寺巡礼』は
さいごに法隆寺へとやってくる
インドの西北部のアジャンターの石窟画と
金堂壁画を比較するくだりは
あまりに有名だ
後年　亀井勝一郎は
『大和古寺風物誌』のなかで
和辻哲郎の歩んだ順序とは逆に
斑鳩宮・法隆寺から書きだした
美術史家の町田甲一氏の『古寺辿歴』は
歴史的な飛鳥からはいり
法隆寺へと考察をすすめた

多くの文化人がたどりつく
「南京《なんきょう》」という名にふさわしい土地である

2

穀倉地帯のボース平原を
白い帽子をかぶった女をのせた車が走っていく
トウモロコシや麦畑の風景が
波のように交差する丘陵を……

私のなかのシャルトル

丘陵からウサギが両耳をたててあらわれる
シャルトルの大聖堂
谷を歩くと
ウール川とギヨーム門の城壁跡があらわれる
背の高い男子学生と太った女子学生が
旧市街をかこんだ坂道を仲良く歩いていた

巡礼団として到着するのはパリの学生たちだ
若者たちは　それぞれの人生に
存在の問いを投げかけられている
リュックを背負って巡礼をおえなければ
社会へと巣だつことはできない
聖母マリアへの巡礼
車は教会の外陣部脇の広場にとまる
女は帽子をとると
大地のうえにすがすがしい影を延ばした
強い光が
カテドラルの色ガラスの色彩に
女の影を溶けこませた
翼廊のバラ窓と
シャルトルブルーのステンドガラスが
内陣の聖母子像を護っている
井上靖と荻須高徳も
ステンドガラスの美しさに息を呑んだ

女は外にでるとお土産店にはいる
パリから電車にのって
母親とこの町を訪れようと夢みている
平原からの風を髪にうけながら……

仏国寺ヲ訪レタノハ
イツノコトダッタロウカ
奈良ノ都ニ似タ松林ガ似アウ古都ダッタ
白髭ノ翁ノヨウナ老人ノマワリデ
子供タチガ遊ンデイル
裏手ノ洞窟へ足ヲ延バシタノハタシカナコトダッタガ
ドウイウワケカ
乾燥シタ土地ノ空気バカリガ思イオコサレテ
洞窟ノナカノイメージガ
イマヒトツヒロエナイノダ

私ノナカノ韓国

下関ヤ博多カラハ船ガデテイタガ
釜山マデ飛行機デムカッタ
寺ノ境内ニバスニノッテヤッテキタ記憶ガ
身体ニヨミガエル
明日ハ電車デ稲穂ノナカヲ
ソウルニムカウコトニシヨウ
ナントモサビシク悲シイ女ノヨウナ
李朝白磁ヤ硯ガ
道バタデ五体投地ノヨウニ売ラレテイタ
東アジアノ文化ヲ研究スル男ト女タチノ淡イ姿ガ
スガスガシイ風ト
太陽ノ火ニユレテハ消エタ

3

斑鳩の三塔としてしられる
法輪寺や法起寺のあたりをゆっくりと歩くと

いろいろなことが思いおこされてくる
あたりの風景は
おだやかな丘陵をなしているが
いにしえからの土地の歴史を考えると
けっして平坦なものではなかった
エウリピデスのギリシャ悲劇を舞うものたちよ
円形劇場に無意識の身体が
擬声音をはきだしながら舞いつづける
若いひとたちに人気のある「山の辺の道」も
三輪山を中心に風光にめぐまれているが
法輪寺や法起寺のあたりは
土の匂いや風のかおり
水の音　焚き火の火やけむりなどがとても似あう
能舞台のような芒ケ原がゆれ　柿の木の若葉が芽吹く
むこうにみえる寺の風景は
天理から桜井までつづく「山の辺の道」に似ていたが
東アジアに点在する

大陸や半島の風景ともアナロジカルだ

私のなかの法輪寺

そして
ふたたび
私のなかの法輪寺の再現のために
現代の外部とつながる
根源的な原初の声と身体性とが
裸のほんものの世界とつながる

私のなかで
法隆寺と仏国寺と
パリやシャルトルのカテドラルが
アナロジーでつながるのは
「意味するもの」をこえて
「意味されるもの」があふれでるときだ

それはコロスの声によって
喚起されたイメージのアナロジーによるものだ
時間も自我もないイメージの切断と接続が
現在を多層性の場においた
独白をともなう夢幻能のように
形象のなかに発生する
コピーではないひた面のように
直接性にすぐれたものたちよ
価値が喪失して
すべてがこわされた跡に
等身大の身体性が
ものとしてたちあらわれる
裸形の現象たちよ
その奥底からでてくる
生成する生の声の側に
たたずむものたちよ
「意味されたもの」だけが

「意味するもの」をおおいつつむ
時代をこえた根源性と
いまという現代にかかわる
アクチュアリティを掘りおこすもの

大地のうえで男の黒い影は
最近すこし太り気味だ
この年齢になると
記憶のなかの父も
写真でみる草津の奈良屋旅館をたてた祖父もそうだった
あくまでも食が基本だ
健康のために歩くのが
ダイエットの基本よと女はいう
お腹がすいたね
それではひととき狩にでかけて
さらにお腹をすかそうではないか
法輪寺は聖徳太子の病気平癒を願ってたてられた

三重塔と虚空蔵菩薩像でしられる寺だ
太子の皇子の 山背大兄王《やましろのおおえのおう》と
息子によって建立されたが
三重塔は昭和十九年に落雷によって焼失した
井上慶覚　井上康世師の二代の住職の思いと
宮大工の西岡常一氏や息子の根気ある仕事によっても
身体は建築物へと延長するはずだったが
空間の復興には多難を要した
正確なテキストの読みこみのみが
空間を再現する
建材もととのったあと
作家の幸田文の支援と資金の提供がなければ
再建はおぼつかなかった
彼女は谷中をモデルにした
『五重塔』の作家幸田露伴の娘である
幸田文の娘は随筆家の青木玉であり
青木玉の娘の青木奈緒も

ドイツに留学しエッセイ集をだしている
四代にわたる著述家の家系
法輪寺の三重塔の落慶供養は
昭和五十年の十一月四日におこなわれている

私のなかの斑鳩の里は
風景のなかで裸の身体性を喪失していた

男は若い頃から読書好きのために
猫背になっていた
土踏まずに中心をおいて歩いてみよう
修験道の行者のように　どれほど歩いたとしても疲れない
どれほど本を読み　声をだし　仕事をしたとしても
疲れないのはいいことだ
背筋をピーンとさせて
伸びあがるように姿勢を正してみる
現代はとてもうるさく　ノイズの時代だから

都会でも田舎でも
眠れないひとがおおくいる
ひとがよりよく眠ることのできる現在を
えるのはいいことだ
ほんとうの身体の原初と声の初源を
ひきよせることによって
生命の連続性が回復する
時間をこえてたつ斑鳩の三基の塔
法輪寺金堂の虚空蔵菩薩像は
奈良国立博物館の中央に
法隆寺の百済観音と
背中あわせに安置されていた
その後百済観音像が
法隆寺にもどると
それまで注目されなかった虚空蔵菩薩像は
いちだんとその魅力を四方にはなちはじめた
山背大兄王の姿を映した仏像を

雪を愛した志賀直哉は『樹下美人』所収の
「早春の旅」のなかで
短い文体によって書いている
作家のこころのなかの法隆寺だ

ふたたび
私のなかのパリ

アントナン・アルトーの精神のように
身体はゆれて　パリへと延長した
セーヌ川の中洲のシテ島にある
大聖堂の窓のかたちと配列
扉のつくりと装飾
「パリへ来てから二十五年の間、
　私はいつもノートル・ダムのかたわらに在った。」と
戦後パリに留学した森有正は
最後のエッセイ集に書いている

一九五〇年からの留学は
当初　一年の予定だったが
ノートル・ダム寺院の石の壁面をみながら
芥川龍之介の作品をフランス語に翻訳して
精神の架橋をはたそうとした
聖堂を護る孤独なガーゴイルや
フライングバットレスの橋梁が
夕焼け空にそびえたつ
パリを愛し
パリに共鳴音を奏でながら
精神の深いところでは
魂との対話があった
「未知の世界への出発の覚悟」と
「祖国に対する忠実な心」は
内面を表現へとむかわせた
『バビロンの流れのほとりにて』『城門のかたわらにて』
『遥かなノートル・ダム』『遠ざかるノートル・ダム』の著作を生んだ

日本語教師として「本居宣長をめぐって」などの
日本文化への考察をすすめるが
道元にであい　晩年には聖徳太子へと関心がうつった
エッセイには「シャルトルと法隆寺」と題するものもある
バッハのオルガン曲をみずから演奏し
フランス語で日記をつづり
セーヌ川のほとりに客死する
思考の進展はアナロジーによって可能だった
ノートル・ダムも法隆寺もない国へむかう
孤独な魂の旅
森有正は
東京の季節にはもどらなかった

4

そして
ふたたびの
法隆寺

私のなかで法隆寺は成熟したのだろうか

昭和二十四年一月の法隆寺金堂の壁画焼失後
若き平山郁夫氏は前田青邨班にあって
原寸の写真から模写の再現に参加した
「ガンジスの夕」や「敦煌三危」など
シルクロードをえがいた平山氏には
黒のペンで輪郭をえがき
うえにうすく絵具をのせる
「法隆寺夢殿」という素描淡彩画もある
夢殿は東院の八角堂ともいわれるが
なかにあるのは
聖徳太子の等身像とされ
ながいあいだ秘仏とされていた救世観音像だ
春と秋に開帳されるが
旅人が観音を拝むことはむずかしい

明治のはじめ
廃仏毀釈の嵐が吹き荒れるなか
スペイン系アメリカ人のフェノロサと若き岡倉天心は
八角堂の鍵を開け
寺僧がおびえまどうなかを
秘仏だった像を包んだ白布をほどいた
アルカイックスマイルの面相をもち
神秘的なほど目が大きい
裸の金色の観音像がそこにあった
聖徳太子とはどのような人物だったのか
飛鳥の石舞台のちかくにある
橘寺の厩で生まれた厩戸王子《うまやどのおうじ》とはどのような人物だったのか
石舞台はケルト人たちのつくった
巨石文化のドルメンに似ている
憲法十七条や冠位十二階を定め
遣隋使を派遣し　仏教に帰依して
法隆寺や四天王寺を建立すると

経典の注釈書である三経《さんぎょう》義疏《ぎしょ》を著した
直筆の一片を
男は上野の国立博物館の特別展でみたことがある
時代は縄文から弥生の時代へと転換し
神道派の物部氏と仏教派の蘇我氏との争いがあった
神と仏の習合する転形期のなかから
太子信仰は生まれている
八角堂をまわって
中宮寺にある弥勒菩薩半跏像をみる頃になると
こころは平原の風をうけて
なごむようになってくる

最後まで死後の世界について
語らなかったひと
最後の旅で食したものは
豚のやわらかい肉とも
きのこだともいわれている

お腹をこわしてもなお
移動する旅はつづいた
商業都市ヴァーサリーから
臨終の地クシナーラーへと
最後の旅はつづく
ヒラニヤヴァティー河にむかってすすむと
その日は
ヴァイシャーカ月の
満月の日だった

私のなかの法隆寺

ほんとうの私の発見のために
法隆寺のイメージはひとたびくずれさった
無垢のひた面によって
そのままみつめられているものたちよ
こわされた空間に

多層の場と身体の動きと
ゆらめく風の声があらわれでる
「意味するもの」をこえて
能面の瞳の裸の穴から
「意味されるもの」の裸形にふれる
おおくの旅人たちの歩行が
年をとることの恐れを忘れさせてくれるのは
いいことだ
たちすくむ外界の現象は
あるがままの存在によって
現在という身体性の奥から声を発している
テクノロジーの外部にあって
衣服の夾雑物を廃した人間そのものと
文化の側の機構に照らしだされているものたちよ
だから
もうすこし歩けるところまで足を延ばしてみよう
ほんとうの法輪寺や

法起寺の季節の現在が
周辺ちかくにたちあらわれてくるにちがいない

第五楽章　ときには移動する風景の音になって……

大阪と奈良のさかいには
生駒山　信貴山　竜田山　二上山　葛城山　金剛山と
たてにつらなる山々がある
近鉄南大阪線の当麻駅に男はおりたつと
れんげ草の花畑のむこうに
二上山がたたずんでいるのをみた
当麻寺は山ふところにいだかれているが
天台僧の源信は
このちかくに生まれている
比叡山の横川の恵心院にすみ
ダンテの『神曲』にくらべられる
『往生要集』を著した
二上山の雄岳と雌岳の物語
雄岳の頂上には西をむいて
大津皇子の墓がたっている
皇子の歌は万葉集に四首はいっていた
そこへは登ったことはないので

ほんとうはいただいた写真で
みるばかりだ
彼岸の時期になると
ふたつのいただきのあいだに
夕日が沈む音がする
おん。
ばさらくしゃ。
あらんじゃ。
うん。
そわか。

岸のこちらからサン・ルイ島をながめている
ピモダン館のあつい扉がギーとひらくと
犬をつれた老夫婦が散歩にでてきた
パリの陋巷で身をもちくずし
ボルドーの港から南海号でカルカッタにむかった
オーピック将軍夫妻の考えによれば

旅にだすことで回心するはずだった
みあげたものだった
文学への執着以外には
どんな職業にもつく気がない
船はモーリス島に投錨し
ブールボン島では四十五日間も滞在した
ほんとうはインドにはいってはいなかったのだ
移動しつづけるボードレールよ
ボルドーからパリに帰る身体は
父の遺産でサン・ルイ島に居をかまえた

奈良当麻寺は別名二上山禅林寺といわれている
宗旨は高野山真言宗と浄土宗の並立だ
天平時代にたてられた
ふたつの塔が東西にのこっている
　京都に永観堂としたしまれる禅林寺がある
紅葉や「山越阿弥陀図」でしられるが

臨終儀式に使用された阿弥陀図は
源信の体験をえがいたものだ
当麻寺の山門から境内にはいると
庭にぼたんが咲きほこっていた
毎年五月十四日になると
曼荼羅堂から娑婆堂へと
来迎橋が架けられた
ドンドンという大太鼓の音とともに
練供養式がはじまる
阿弥陀仏が二十五菩薩とともに来迎する
宗教劇の「聖衆来迎練供養式」の日は
伝説の中将姫の命日だった
中将姫伝説とは
生身の弥陀をみたいとする女性のまえに
阿弥陀の尼と観音の女房とが
化身となってあらわれる
蓮の糸で曼荼羅を織る物語だ

折口信夫の『死者の書』や
『山越し阿弥陀像の画因』とも関係するが
「当麻」というお能にもなっている
中央に阿弥陀三尊の極楽浄土の景観をおき
左右には『観無量寿経』を図像する
「当麻曼荼羅」は浄土変相図である
往生パターンが区分され
九品往生の画像がえがかれている
縁起と関係する「当麻曼荼羅縁起絵巻」が
鎌倉材木座の光明寺にある
　永遠といまが結合すると
　現代性が生まれる
東京の九品仏（浄真寺）でも
奈良の当麻寺の来迎会に似た行事がおこなわれている
三年に一度の八月十六日
上品堂　中品堂　下品堂の三堂には
九品の阿弥陀像が安置され

釈迦堂から三仏堂へと
二十五菩薩の「おめんかぶり」が行列する
弥陀の来迎を希求し浄土の世界を感得する
シシュフォスの神話のように
石をころがしながら交互に唱えるもの
坂を往復する音が
仮託されて実質となる
その音は　海の音か　風の音か
おん。
ぎゃくぎゃく。
えんのうばそく。
あらんきゃ。
そわか。

アナグラムによってその名前ができた
ロートレアモン伯爵は
じっさいには存在しなかった

移動する身体が体験する旅のようなもの
南米の地
ウルグアイのモンテビデオの町
実の母はわずか一歳でなくなった
十三歳になると
船にのりこみ大西洋をわたった
南フランスのピレネーの麓が
書記官だった父の町だ
二十三歳になるとモンテビデオに一時帰還するが
そこでなにがあったかはしるよしもない
やせほそったかれの姿が
パリの町にあった
モンマルトル大通りの界隈を転居しつづける
海の航海と街の彷徨
ベンヤミンの身体と眼のように
街の通行者は批評する放浪者だ
『マルドロールの歌』と『ポエジー』の詩の束が移動する

パリの町の坂をあがったりくだったりした
ふたつのポエジーの視線に
移動する孤独な海の音がきこえる
死因は謎である
本名はイジドール＝デュカス

京都当尾の地を歩くと
多くの磨崖仏が野の仏となっている
　この地は京都南端の相楽郡にあり
　　地図をみると奈良県庁の脇の道を左におれ
　　　奈良坂を登ってから般若寺の手前を東にむかう道筋にある
　　　　奈良駅からはバスもでているので
　　　寺は奈良県にあるような錯覚さえいだかせる
　中央からはなれた寺
　閑寂にくわえてひなびた感じがする浄瑠璃寺
馬酔木の咲く山門から境内にはいると
九体仏のある本堂と如来像を安置する三重塔が

池をはさんで東西にみえている
ほんとうは住職の著書でしったことだが
池は梵字の阿字に似ているので
阿字池といわれる
毎年春秋の彼岸になると
太陽は三重塔のうしろから昇り
本堂のまうしろにむかって沈む
池は礼拝のためにつくられているそうだ
東西南北の方角には
それぞれの方位を守護する仏がいる
　東の薬師如来
　西の阿弥陀如来
　南の釈迦如来
　北の弥勒如来の四方仏
ときには　伽藍の物語が移動する風景になって
三重塔には東の過去から西へとおくりだす薬師がいる
ときには　池に菩薩の道として現在をおしえる釈迦と弥勒がいる

ときには　本堂に未来の浄土へひきあげる阿弥陀がいる
ゆっくりと移動するひとびとの身体
　ゆっくりと移動するひとびとの視線
　　視線のいたずらのなかを
　　　風の音がリボンをむすんで移動する
　　　　自我もリビドーも
　　　風景の影絵が移動すると
　　ちっぽけな存在に変化して飛んでいってしまった
　音が飛んできしむと風の色がかわった
意味性を剝奪された物質のようなもの
坂のうえとしたで石ころのころがる音がする
なまく。
さまむだばさらなん。
せむだまかろしゃな。
そわたや。
うんたらた。
かんまん。

オランダの植民地軍の傭兵となって
移動するのはだれか
出発の警笛が鳴る
プリンツ・ファン・オラニエ号にのりこみ
サウザンプトン　ジブラルタル　ナポリへ
そして　われらの地中海からスエズ運河をわたったが
スマトラ島沿岸の港パダンをへて
三日後
ジャワ島の首都バタヴィアに錨をおろした
はるばるここまできたが
ジャングルを迂回して
サラティーガの兵舎から脱走した
ランボーという名前は移動という固有名にふさわしい
きみは故郷からパリに三度も出奔した
獄舎に投獄され
パリの町を彷徨した

母から逃避するために
現実に抗うようにポエジーの音を心にきいた
パリからベルギーへ
そしてロンドンの街を
彷徨ったふたりの詩人
見者の詩法とはきみの心の音のポエジーだ
ひとともも自分ともおりあいがつかない
移動する身体
汽車の汽笛が鳴ったブリュッセルの事件は
ゴッホとゴーギャンのアルルの事件のようだった

本堂には
金色の阿弥陀如来の中尊が
来迎印の上品下生となって安置された
左右には阿弥陀仏が四体ずつ
上品上生の定印をむすんだ
かたわらを彩色ゆたかな四天王像と

吉祥天女像が護っている
　池のむこうでは
　　三重塔の一階に秘仏とされる薬師如来が
　　　恐れをのぞく施無畏印を右手にむすび
　　左手に薬壺をもって図像した
　薬師如来が護る寺の名前は
東方浄瑠璃浄土だ
西欧的知でしられた堀辰雄は
「風立ちぬ」をはじめとする作品を書いたが
大和路への旅をくりかえしていた
「浄瑠璃寺の春」というエッセイがある
折口信夫の『古代研究』や『死者の書』の影響によって
民俗的心性にめざめると
平安朝文学や「源氏物語」の授業をきくために
國学院大学や慶應義塾大学へと足しげくでかけた
和辻哲郎も南山城の奈良坂をこえて
山をでて　里にはいり　寺を訪れている

「古人の抱いた桃源の夢想」と和辻は書いたが
寺をあとにした若者は夕暮れにはその足で
東大寺の戒壇院にたどりついた
石の坂を登ると
息をはくような音がした
おん。
そらそばていえい。
そわか。

ふたりの別れがきみを母の村ロッシェに帰郷させた
きびしい勉強とピアノの稽古
アルコールをしり　野や畑を彷徨する
『地獄の季節』を書いた夏のおわり
ふたたびロンドンを訪れると
ドイツのシュトゥットガルト
イタリアのミラノ
スイスの湖畔

北欧の街を移動した
古いヨーロッパという大陸をぬけだしたかった
大陸を移動し
視線をよぎる風景の影絵よ
詩をすてることで現実をえらんだ男は
パイプをくわえると
しなやかな身のこなしをする
忍耐づよい歩行者だった
きみはジャワからキプロス島の球になり
エチオピアにはいる商人たちの球となって
隊商のなかに投げいれられた
港からでかけていくひと
砂漠からもどってくるひとをみている
そこにアフリカのランボーがいる
アデンの町もハラルの町も
海のむこうにあるみしらぬ町だ
身体はいまや貿易商や探検家そのものだった

移動する身体よ
なにものか願うものがあったかどうかはしらない
もし　それにちかいものがあったとすれば
移動する身体がきいたのは
砂漠の音　海の音　風の音だ

東大寺は　奈良の平城京跡の東北の地に広大な寺域をもつ
起伏にとむ寺域を歩いていくと
身体が風の血行を微笑した
南大門をくぐって鏡池にでると
左は真言院から西塔跡を通って水門町である
右にいくと東塔跡だ
治承四年（一一八〇）十二月二十八日
四万余騎の軍勢をしたがえた平重衡は
般若寺の門前から「火を出だせ」と命じた
興福寺とともに大仏殿も東西の両塔も
奈良炎上で燃えおちた

後年　重衡は　一ノ谷の合戦で生けどられ
屋島の平家との三種の神器のひきかえ交渉が拒否されると
南都は贈り物をひきわたせとせまった
大仏殿の東側には鐘楼への石段があり
登りつめると三月堂も二月堂もすぐである
二月堂のうらの雨のあとにけぶる
参道のほそい坂道をぬけると
大仏殿の裏側にでた
右手はしずかな礎石が並ぶ
講堂の跡だ

それは父の逃亡からはじまった
共和主義者のジャーナリストは
ルイ・ナポレオンのピストルの音をさけるように
ペルーにむけてパリを発った
船上で妻と姉と乳飲み児をのこして
父クロヴィスは急死する

一歳と七歳の大西洋の船旅が
人生だったのかもしれない
移動するゴーギャンの身体の直観よ
パリにもどると
十七歳で商船の見習い水夫になった
リオ　デ　ジャネイロへと移動する
その後　海軍にもはいったが
パリ株式取引所で仕事をしながら絵をえがきはじめると
四男一女をもうけた
きみにとってはパリとブルターニュは近代と原始だった
四十三歳の四月四日のことだ
ほとんど予備知識のないままタヒチへと出発した
それは大きく境界を離脱して作動する
無意識の身体の直観だった
マルセイユ　メルボルン　シドニー　ヌメアをへて
首都パペエテからはなれた原住民マタイエアの官能の街
航海では風景を移動しながら食事しなければならない

あらゆる生理的現象をゴミのように処理しなければならない
なによりも食べものと呼吸さえしていれば生きられる
もどるとジャワの女と暮らしたが
パリの町でもブルターニュの村でも疎外された
石ころをあげたりさげたりする坂道の生活だった
きみはふたたび太陽と星の夕ヒチへ帰ることをきめた

休憩をはさんでここまでくる頃には
男の身体は汗ばんでほてりさえ感ずる
道は戒壇院へとつづいているようだ
戒壇院は井上靖の『天平の甍』でしられる
唐僧鑑真によって
七五四年に創建された
治承の兵火では
大仏殿と運命をともにしたが
江戸時代に再興されると
寺内から四天王立像がもちこまれた

うす暗い堂内にはいると男は懐中電燈を手わたされた
中央にある唐来歴の多宝塔をとりかこむようにして
東南西北の順に
持国天　増長天　広目天　多聞天が影絵となる
四天王は　古代インドの護世神だった
仏教では　須弥山中腹の四方を護っている
中国では　甲冑をまとい　武器をとり　足下に邪鬼をふんだ
眉をひそめて　前方を凝視する広目天
毘楼博叉とは広目天のことだ
西方を守護する広目天は　左手に巻子をもち右手に筆をにぎっている
図像の意味するコードとはなんであろうか
季節をくりかえすごとに
わかってくるような気もするが……
〈びるばくしゃまゆねよせたるまなざしをまなこにみつつあきののをゆく〉と
會津八一はかな文字による書をしたためた

マルセイユの霧笛をふたたびきいたのは

四十七歳の七月三日だった
楽園と煉獄のパペエテは
まえよりもヨーロッパ化されていたが
今度はかぐわしき大地プナアウイアで
土地をかり家をたてた
さらに
五十三歳の九月十日にはタヒチを発ち
マルケサス諸島のヒヴァ＝オア島に新天地をもとめた
晩年は病の連続だった身体
山のうえにたつ白い教会には
海の音ばかりがきこえてくる
ゴーギャンの墓
大きなカギ鼻をもち
実際の生活は鼻もちならないものだったが
陰画で陽画の「ファッア・イヘイヘ――タヒチの牧歌」は
愛すべき「祭の準備」とも題された
死の数日前

見舞いにきた牧師に
エッチングの「ステファヌ・マラルメの肖像」を贈った
すべてがはじまりをもとめた行為だったきみよ
画家の移動する身体は
ゆれつづける風景をせおって
世界の影絵となった
絶筆はなつかしのブルターニュの
雪景色だった

浄瑠璃寺の九体仏や四天王像をみた和辻哲郎は
その日の夕方
戒壇院におもむいた
鐘が鳴ると
唐からもってきた土でもられた石の戒壇をおりた
中国では王の死者の口に「含蟬」をいれたのは
遺体を腐敗させずに
仙人の世界へと飛んでいってもらうためだ

院のすぐまえは水門町の家並みだった
奈良を愛した写真家の入江泰吉さんの住まいがある
石のように
風の音がころがる
おん。
ろきゃろきゃ。
きゃらや。
そわか。

あとがき

私のなかで、歩くことが重要なことになり、歩行することに関心がむけられたのは、何時のころからだったろうか。奈良や京都の町を歩くことも、ヨーロッパの町を旅行することも、おなじく空間のテクストを歩行することにひとしかった。いっぽうで、モーツァルトの音楽との出会いが深まると、いつしか、この歩行に軽妙な音楽がよりそいはじめた。私の右脳の視覚座は、仕事で疲れていることもおおかったが、いつのまにか、通過する風景を、ありのままの現象として受けいれるようになっていた。

エリオットが、地名を語る「四つの四重奏」のモチーフに使ったのが、ベートーベンの弦楽四重奏曲である。本詩集では、身体の移動をテーマとし、旅と巡礼と書字の運びを全身体的智慧として薫重する、五楽章構成の「古都巡礼のカルテット」とした。旅のレリギオとは、今日でもじつにふるくてあたらしいテーマである。作品は、詩誌「ガニメデ」の四十三号、四十五号、四十六号、四十七号、四十八号に掲載されたものだが、武田肇氏には、毎回、長編詩をこころよく掲載していただいた。今回、文芸評論家の高橋英夫氏に帯文をいただくことができた。画家の森田和彦氏には装画と本文中の挿画作成の労をおとりいただいた。心から感謝を申し上げます。出版を支援してくださった小田久郎氏、小田康之氏と、丁寧に仕事を進めてくださった編集部の出本喬巳さん、装幀の和泉紗理さん他にも、あらためて心よりの感謝を申し上げます。

二〇一一年三月二十日

岡本勝人

古《こ》都《と》巡《じゅん》礼《れい》のカルテット

著者
岡本勝人《おかもとかつひと》
発行者
小田久郎
発行所
株式会社　思潮社
〒一六二―〇八四二　東京都新宿区市谷砂土原町三―十五
電話〇三（三二六七）八一五三（営業）・八一四一（編集）
ＦＡＸ〇三（三二六七）八一四二
印刷
三報社印刷株式会社
製本
小高製本工業株式会社
発行日
二〇一一年五月三十一日